KB183831

마음이 흐르는 시간, 한강

들어가며…

'소울 플레이스'
저에겐 한강의 다른 이름입니다.

어릴 때부터 가족과 함께 추억을 쌓아 왔던 곳. 조용히 생각을 정리하고 고민을 덜어 내고 싶을 때마다 찾았던 곳이 한강이었습니다. 그저 가만히 앉아 흘러가는 강물을 보고 있기만 해도 마음이 편안해졌습니다.

어려서부터 사색이 많았던 아이는, 사춘기가 되자 오롯이 '나'와 대화할 수 있는 장소가 필요했었고 그렇게 홀로 한강을 찾는 날이 잦아졌습니다. 시간이 흘러 뒤를 돌아보니 그동안 한강으로부터 참 많은 위로를 받고 있었단 생각이 들었습니다. 그래서 저에겐 평범한 공원이 아닌, '소울 플레이스'가 되었을지도 모릅니다.

훌쩍 시간이 흘러 버린 지금. 많은 것을 짊어지고 살아가야 하는 나이가 되었습니다.

러닝과 독서를 하고 때로는 멍하니 앉아 있고 싶을 때조차 저는 한강을 찾습니다. 이토록 많은 시간을 이곳에서 보내는 동안, 떠올랐던 생각과 위로받았을 때 '나'의 마음을 꼭 사진과 글로 남겨 보고 싶었습니다. 제가 담은 것들은 모두 한강이란 친구가 곁에 있었기에 가능한 것이었습니다.

저의 포토 에세이를 읽으면서, 많은 분이 가지고 있을 자신만의 '소울 플레이스'를 추억하면 좋겠습니다. 더 나아가 한강이란 장소를 다시 한번 생각해 보는 계기가 된다면, 저에겐 가장 보람차고 의미 있는 일이 될 것 같습니다.

느긋한 마음으로 제가 담은 글과 사진을 봐 주시길 부탁드립니다.

2024년 8월의 어느 날 새벽…

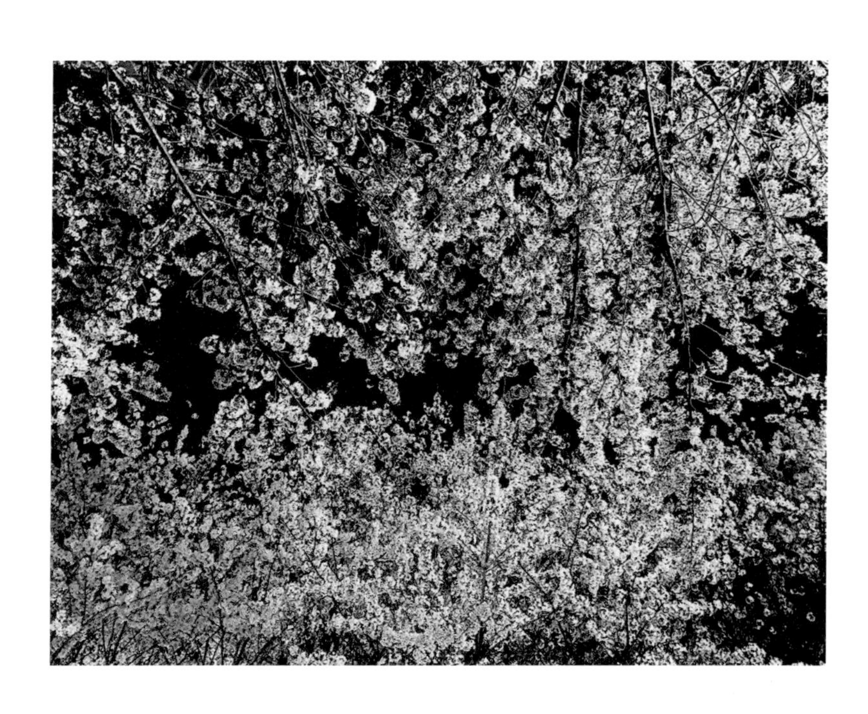

목차

1. 평온한 한강

오늘의 행복

종종 '오늘의 행복 00'이란 글을 쓴다.

행복을 주제로 글을 쓰다 보면 찻잎을 우려내듯, 행복이 몇 번이고 우러난다. 차를 우려낼 때와 다른 게 하나 있다면, 행복은 자주 우려낼수록 더욱 깊은 맛을 낸다는 것이다. 그렇게 만들어진 깊은 향은 주변을 그윽하게 채우고 나를 세상에서 가장 아름다운 삶 속의 주인공으로 만든다. 가끔 마음이 텁텁할 때, 행복을 글감으로 가장 먼저 떠올리는 이유가 되기도 한다.

예전엔 뭔가 대단한 사건이 있어야만 행복하단 말을 했었다. 누가 들어도 축하를 받을 만큼의 좋은 일이 있을 때만 그래야 하는 줄 알았던 거였다. 하지만 행복을 주제로 글을 쓰다 보니 알게 된 것이 있다. 이 세상에 타인의 눈과 입을 거쳐야 하는 행복은 오롯이 내 것이 아니란 걸. 그저 세상의 틀에 맞춰진 것임을 말이다. 그런 것은 어쩌면 진

짜가 아니었을지도 모른단 생각마저 들었다. 하지만 글감을 찾기 위해 들여다본 소소한 일상엔 굳이 입 밖으로 꺼내지 않아도 될 나만의 행복이 가득했다. 길을 걷다 올려다본 하늘이 파란 미소를 짓고 있던 것도, 소식이 궁금하던 차에 걸려 온 친구의 전화도 행복이었다. 이렇듯 일상에서 찾은 행복을 글과 사진으로 기록하는 것이 좋다.

행복과 가까워지는 건, 일상에서 '나'의 마음을 들여다보며 시작되었다.

받기만 했던 사랑

한강을 걷다 잠시 앉았을 때였다.

산책을 나온 듯한 아이와 남자에게 시선이 머물렀다. '나도 저럴 때가 있었을 텐데'란 생각과 동시에 아버지의 얼굴이 떠올랐다. 한강에서 캐치볼을 하고 두발자전거를 배웠던 어릴 때의 추억이 떠오르자 마음이 몽글해졌다. 예전엔 네 식구가 한강으로 자주 소풍을 다녔었다. 지금보다 회색빛으로 기억되는 한강에도 나름의 재미가 있었다. 고르지 않던 잔디 위엔 요즘은 보기 힘든 여치와 방아깨비 같은 곤충들이 잘만 뛰어다녔고 날아다니는 잠자리를 보는 건 비둘기만큼이나 흔한 광경이었다. 그때의 추억엔 언제나 부모님과 여동생이 함께 하고 있었다.

콩알만 한 아이의 손을 살포시 잡은 남자를 보니 어린 시절 나의 손을 잡아 주던 아버지의 온기가 느껴졌다. 그때 나를 보던 아버지의 눈빛은 사랑으로 가득 차 있었다.

지난날을 돌아보니 부모님의 사랑을 받을 생각만 했지, 다시 돌려드려야 하는 것엔 무심했었다. 앞만 보고 가는 아들을 뒤에서 묵묵하게 바라보고 계셨을 두 분을 생각하니 마음이 아려 온다. 당연하듯 받았던 사랑을 다시 돌려드려야겠다고 생각한 지 얼마나 지났을까? 고개를 들어 보니 아이와 남자는 떠나고 없었다…

나의 길을 걷자

내일의 나를 만났을 때, 어제의 나를 잊지 않도록 글 속에 기록하자.

바라보는 시선, 타인의 생각으로 그려 내는 모습 따위에 영혼을 허비하지 말자고,
부러지지 않을 정도의 단단함으로 사진과 글에 '나'를 빼곡히 채우자.

어느 날, 때가 되어 뒤를 돌아보게 되는 순간이 오거든 허망함에 묻혀 허우적거리지 않을 만큼만 채우길 바라며 오늘을 기록하자.

묵묵하게, 그렇다고 무심하지도 않게 나의 길을 걷자.

2. 한강과 선셋

매직아워

해가 넘어가는 시간.

하루 중 가장 사랑하는 순간이다.

시간에 맞춰 한강으로 발걸음을 옮기고 서쪽으로 향한다.

넘어가는 해가 강물에 쏟아질 때, 이 묘한 장면을 보고 있자면 오늘 하루가 무사히 지나가고 있음에 감사함을 곱씹고, 들러붙어 있던 걱정을 해가 지는 방향으로 함께 보내 버린다. 그렇게 툴툴 털어 내고 자리에서 일어나면 집으로 돌아가는 발걸음이 한결 가벼워진다.

고작 넘어가는 해를 보고만 있었을 뿐인데, 한강은 언제나 마법과 같은 시간을 내어 준다.

성도령

10분만 혼자

잔잔해진 강물.

눈앞이 끈적한 오렌지색으로 물들고, 강 건너에 있는 고층 건물이 물든 강물 위를 검은색으로 덮기 시작한다.

처음부터 세상에 홀로 존재했던 것처럼 있고 싶을 때, 고요함 속에 파묻혀 있고 싶을 때 한강 가장자리에 앉는다. 시끄러운 마음을 강물에 던져두고, 잠시만 혼자가 되고 싶다. 오렌지색이 희미해지고 세상이 어두움으로 채워질 정도의 시간이면 충분하다.

단, 10분만. 세상에서 혼자가 되고 싶다.

포기할 용기

꿈을 위해 앞만 보고 달렸던 시간을 정리해야 했다. 누구에게도 부끄럽지 않을 정도로 애썼던 시간이 이제는 날을 세운 채 나에게 돌아왔다. 눈을 질끈 감아 봤지만, 떨쳐 낼 수 없는 것들이 마음을 헤집고 있었다.

'무엇 때문에 이렇게까지 했었나. 결국 이렇게 될 거였는데.'

패배자가 되었단 생각에 마음을 잠식당하자 더는 견디기 힘들었다. 언제나 그랬듯, 이번에도 한강으로 발길을 돌렸다. 그곳에 있으면 어떤 말이라도 위로가 될 것 같았다.

배를 띄우고 물 위에서 다리를 바라봤다. 언젠가 이곳에 앉아 꿈을 이루겠다며 다짐하던 때가 있었다. 그러나 이제는 꿈을 포기하러 왔다고 말해야 했다. 서러움에 복받친 말을 뱉어 내자 마음속 다른 내가 말을 걸어왔다. 여

기서 꿈을 놓아 버린다 해도 나의 잘못이 아니라고. 포기할 수 있어야 다시 시작을 할 수 있다고 말해 줬다.

한강이 건네준 위로는 포기할 용기였다.

영동대교

세상을 뒤로 보기

부상으로 달리기를 멈춘 지 벌써 한 달이 넘었다.

언제쯤이면 지긋지긋한 통증에서 벗어날 수 있을까? 통증보다 고통스러운 건 내가 만들어 온 것들이 거품처럼 사라질까 봐서였다.

오랜 시간 공들여 쌓아 온 것이 잠시 멈춘다 한들, 걸음마를 시작하던 때처럼 원점으로 돌아가지 않는다는 걸 모를 리 없었다. 하지만 불안은 머리와 마음 사이의 틈새를 놓치지 않고 지독하리만큼 교묘하게 파고들었다.

위기란 언제나 갑자기 찾아왔지만, 사실은 그렇지 않았다.

분명한 전조 증상이 있었다. 다른 사람은 몰라도 나는 알 수 있는 신호. 하지만 꾹 참고 앞으로 나아가야 한단 것에 매몰돼 애써 눈을 감았다. 그런 후에 반드시 찾아왔다. 부상이든 위기든.

자의가 아닌 멈춤은 앞으로 보던 세상을 뒤로 보게 했다. 그제야 깨닫는다. 지나온 순간 하나하나가 얼마나 소중했었는지. 앞으로 채울 시간보다, 지나간 시간이 채워준 것들을 모조리 꺼내어 보고 싶다. 그때를 회상하며 부상을 꿋꿋하게 버텨 내련다.

운동화 끈을 조이고, 한강을 다시 달리게 될 날을 기다리며…

3. 비 내리는 한강

해방

'투둑! 투둑!'

신경을 자극하는 소리에 운동복을 챙기다 말고 창밖을 봤다.

비가 내리고 있었다. 마음속에서 아우성치는 소리가 들려온다.

'빨리 나가자!'

날 보호하던 우산을 집어 던져도 되는 순간.

구멍 뚫린 하늘에서 내리는 것을 온몸으로 느껴도 되는 순간.

빗방울이 머리부터 얼굴과 몸을 타고 흐르며 솜털을 자극하는 순간.

항상 지켜 주던 것이 때로는 '나'를 옥죄게 한다.

비 오는 날, 극도의 해방감에 자유를 만끽하며 한강을 달린다.

여름, 비, 강물

더위가 익숙해지자, 장마가 찾아왔다. 올해 여름은 유난히 덥기도 했지만, 많은 비가 내리기도 했다. 비가 멈추자, 수문이 잘 보이는 잠실대교 북단 어딘가를 찾았다.

강물이 상류에서 하류로 방류된다. 아무것도 살아남지 못하고 죄다 쓸려 갈 것만 같은 거센 물살에, 쌓아 두었던 찌꺼기 같은 걱정들을 모두 토해 냈다.

그러고 나니, 살아있는 것의 위대함이 보였다. 밤바다 파도보다 무서워 보이던 강물이, 이제는 활기에 가득 찬 희망으로 보였다. 걱정이 쓸려 간 자리엔 용기가 남아 있었다.

다시 할 수 있단 마음을 꼭 안고선, 걸어왔던 길을 되돌아간다.

비가 내리면…

언젠가 한강을 걷고 있는데 예고 없는 비가 쏟아졌다.

옷깃에 달린 모자를 뒤집어쓰고 비를 맞으며 가던 길을 재촉했다. 그때, 진한 풀 냄새와 흙 냄새가 코끝을 건드렸다. 갑작스러웠지만 낯이 익은 냄새였다.

'독서실 가던 길. 그때 그 냄새다.'

그랬다. 학창 시절 독서실을 다닐 때도 비가 내리면 항상 이 냄새가 났다. 어디서 시작됐는지 모르겠지만 언제나 빗물을 가르고 찾아왔었다. 기억을 더듬어 보자면, 흙냄새는 꽤 독하게 느껴졌었고, 풀냄새도 평소답지 않게 날카로웠다. 그땐 그게 불쾌했었는데, 지금은 그렇지 않았다. 오히려 몽글몽글한 옛 추억이 떠오를 뿐. 다시는 돌아갈 수 없는, 코끝을 간지럽히는 풀 냄새보다 풋풋했던 그날의 나는, 먼 훗날 비 내리는 걸 좋아하게 될 나를 알고 있었을까?

비가 내리면… 그날의 나와 함께 비를 맞으며 걷는다.

4. 한강의 깊은 밤

느리게 달리기

평소엔 한강을 옆에 두고 나란히 달리지만, 가끔은 다리 위에서 내려다보며 달려야 할 때가 있다. 그런 날엔 일부러 중간에 멈춰 서서 창살 너머의 세상을 바라본다.

거친 숨소리를 뒤로하고 시선을 먼 곳으로 돌리면, 의식하지 못한 사이 나를 감싸던 모든 소음이 차단 되고 멀리 있는 '붉은 점'들에 빠져든다. 점으로 보이던 것이 어느새 선으로 바뀌자, 생각에 잠긴다. 지금 등 뒤로 지나가는 것들은 거칠고 빠른데, 왜 멀리 보이는 건 느긋하고 여유 있어 보이는 걸까.

예전 생각이 났다. 최선을 다하자며 뭔가를 열심히 할 땐 마음이 더 시끄러웠다. 분명 잘 하고 있는 것 같은데 불안하고 거칠어진 나를 보는 게 당황스러웠다. 아마도 열심과 조급함의 차이를 몰라서 그랬을지도. 그때는 이 차이를 알려 주는 사람이 없었다. 과열된 엔진은 강제로 멈

출 수밖에 없는데 내가 딱 그 모양이었다. 그리고 주위를 둘러보자, 그때 알았다. 빨리 달리는 것이 꼭 목적지에 빨리 데려다주는 건 아니라는 것을.

잠시 멈췄을 뿐인데도, 크게 흔들리던 숨소리가 금세 잦아들었다. 지금은 느리게 달리는 게 오래 갈 수 있는 최고의 방법이란 걸 안다.

코로나와 한강

2021년 브런치 스토리에 남겼던 사진 에세이. 그중에서 [내가 좋아하는 한강]이란 글을 오랜만에 열어 봤다.

코로나 때 한강을 뛰고 걸으며 틈틈이 기록했던 사진들 속엔, 정부의 방역 정책으로 넓은 공간에서조차 마스크를 벗지 못하던 사람들을 만날 수 있었다. 지금 생각하면 우습게 들릴지도 모를 이야기지만, 그 시절엔 공원 벤치에도 앉지 못할 때가 있었으며 심지어 러닝을 하면서도 마스크를 벗지 못하게 했었다. 먹을 때만 잠시 마스크를 벗을 수 있던 당시엔 집을 제외하면 편하게 휴식을 취할 수 있는 곳이 거의 없었다고 봐도 무방했다. 그렇게 우리 국민들은 힘겹게 코로나 시절을 보냈다.

글을 읽는데 사진 하나가 눈에 들어왔고 그때 기억이 되살아났다. 한강 산책 중, 벤치에 앉지 못하게 엑스자로 테이핑을 해둔 걸 누가 한쪽만 뜯어낸 것이었다. 누구인지

몰라도 답답했던 마음이 나와 닮은 것 같아 사진을 찍어 둔 것이었다.

되돌아보니 그 고난의 시절에도 한강은 변함없이 누군가를 기다리고 있었다. 죽마고우처럼 언제든 편하게 이야기를 들어 줬고, 어쭙잖은 어떤 조언도 하지 않았으며, 어디에도 가지 않고 그 자리를 지켜 줬다. 어느 때보다 답답했을 그 시기에 한강은 그 누구라도 안아 줄 수 있는 고마운 친구였다.

씨앗

홀로 한강을 즐기게 된 건, 중학생이 된 무렵이었다.

당장 어찌할 수 없는 생각들이 나를 휘감으면 잠시라도 시간을 내서 홀로 한강을 찾았다. 저 멀리 큰 운동장이 보이는 적당한 곳을 고르고, 달빛을 조명 삼아 콘크리트 계단에 앉은 채 흘러가는 강물을 보고 있자면, 잔잔하게 일렁이는 물결을 따라 마음도 고요해졌다.

공상과 사색을 즐기던 나에게 '밤의 한강'은 완벽한 공간이었다.

홀로 앉아 '나'와의 대화가 시작되면, 마구잡이로 떠올랐던 생각을 정리하기도 했고 엉뚱한 상상을 마음대로 펼쳐 보기도 했다. 그렇게 '나'를 알아 갔던 시간 덕분이었을까. 훗날 꿈을 찾아 헤매던 시기를 겪으며 헤어 나올 수 없는 늪에 빠지기보단 자신 있게 '나'를 믿을 수 있는 기회로 삼았다. 물론 내 뒤엔 언제나 든든한 부모님의 따듯한 사랑과 신뢰가 있기도 했지만, 스스로를 믿을 수 없었다면 그조차도 강물에 흘러가고 말았을 거였다. 한강에 앉아 자유롭게 펼쳐 낸 생각들은 내 안에 차곡차곡 쌓여 열매를 맺을 때 큰 도움이 되었다.

한강은 내가 언제나, 마음껏 씨앗을 심을 수 있도록 허락해 주었다.

늦어도 괜찮아

글이 써지지 않는다. 써야 하는데 써지지 않는 이 기분을 어떤 말로 표현할 수 있을까? 잠들기 힘든 새벽 2시 반. 답답한 마음에 노트북을 들고 한강으로 나섰다. 벤치에 앉아 에어팟을 귀에 꽂고 글 쓸 때 자주 듣는 유튜브 채널을 틀었다. 귓가에 재즈 음악이 들려오자 조급한 마음이 조금 나아졌다.

전업 작가는 어떻게 매일 그 정도 분량의 글을 쓸 수 있는 걸까… 직업이니까 가능한 건가. 상상만 했을 때도 대단하다 싶었지만, 키보드를 두드리고 있는 지금, 그들의 보이지 않는 노력이 얼마나 대단한 것인지 0.01g 정도라도 느낄 수 있을 것 같단 착각에 빠져 들었다.

지금 쓰고 있는 이 글을 읽을 사람이 얼마나 될까. 대충 세어 봐도 20명은 되려나. 그나마 열 손가락이 다 접혀서 다행이란 생각이 든다. 시작한 지 고작 1년밖에 되지 않은 일이다. 그러니 꿋꿋하게 내 안에 담아 뒀던 이야기를 꺼내 보자. 시간에 쫓긴 글을 쓰진 말자.

늦어도 괜찮으니 천천히 가 보자.

5. 모노톤, 한강

그리움

그리움이란, 전력을 다해 헤어지려 애써도
가슴 한편에 남을 수밖에 없는 것이다.

마치 그 모습이 파릇한 어린 시절을 품고 있는 낡은 앨범과 닮았다.

비록 지금은 먼지가 쌓여 책장 구석에 처박혀 있는 신세일지라도, 언제고 다시 세상 밖으로 나올 때를 기다리며 웅크리고 있는 게 그리움 아닐까.

대교
5.2km

실수와 태도

저녁 운동으로 러닝을 하러 나갔다. 잠수교를 돌아 청담대교가 다시 보일 때쯤이었다. 주말 밤 청담대교 아래에선 언제나 거리공연이 열리곤 했는데, 노래와 기타 소리가 함께 들려오는 걸 보니 오늘도 거리공연이 한창인가 보다. 구름처럼 몰려 있는 사람들이 눈앞에 보이려는 찰나 음 이탈 소리와 함께 공연이 멈췄다. 무슨 일인가 싶어 나도 모르게 공연자가 서 있는 오른쪽으로 고개를 돌렸다. 밤이길 망정이지 낮이었다면 얼굴이 벌겋게 보였을 정도로 민망한 표정의 그가 눈에 들어왔다. 많은 사람 앞에서 실수한 것이 창피했는지 안절부절못하는 모습에 이걸 어쩌나 하는 생각이 들 때였다.

"괜찮아! 괜찮아!"

소리가 들려온 왼쪽으로 고개를 돌리니 관객 중 한 무리가 큰 소리로 응원하고 있었다. 그러자 공연자는 환한 웃

음과 함께 노래와 기타 연주를 다시 시작했다. 불과 몇 초 만에 일어난 일이었지만 많은 생각이 교차했다. 공연자가 실수한 순간, 응원이 없었더라도 그는 다시 노래를 불렀을 거다. 하지만 관객의 '괜찮아.'란 응원 한마디에 얼마나 큰 용기를 얻었을까. 그동안 살아오며 실수해도 괜찮다란 말을 수없이 들었지만, 진심으로 느꼈던 적은 별로 없었다. 실수해도 괜찮단 말이 실수하면 절대 안 된단 말로 들렸었다. 하지만 오늘 공연자와 관객의 태도를 보며 이 말의 진심을 느꼈다.

실수하지 않는 것보다, 실수를 대하는 태도가 중요했던 거였다. 실수를 한 사람도, 그 모습을 바라보는 사람도.

소음에서 벗어나고 싶은 날

왠지 모르게 그런 날이 있다.

일상의 모든 것들이 소음처럼 들리는 날.
모든 것으로부터 단절되고 싶은 날.

세상과 연결된 자그마한 것 하나라도 놓치면 큰일이라도 나는 걸까? 눈치 없는 휴대전화의 알람은 오늘도 쉴 새 없이 나를 괴롭힌다.

내 몸뚱어리 하나 소음에서 벗어나는 게 이렇게나 어려운 일인가 싶다.

소음으로부터 해방되고픈 날엔 한강에 앉아 마음이나 흘려보내자.

나오면서…

책을 만들고자 마음먹기까지 고민이 많았습니다.

제 글과 사진이 독자에게 어디까지, 얼마나 닿을 수 있을지 알 수 없어 두려움 같은 게 있었나 봅니다. 그 순간 동료들의 응원이 저를 움직이게 했습니다. 단 한 명의 독자라도 이 책을 보고 공감해 준다면 그것만으로도 충분히 의미 있는 일이 될 거라고요.

거창한 카메라가 아닌, 손에 쥐고 있는 스마트폰 하나에 기대어 마음을 기록했습니다. 우리가 사는 세상과 생각이 크게 다르지 않듯, 들고 있는 기계가 다르다고 해서 그림이 달라지지 않는다는 걸 담아내고 싶었습니다.

누구에게나 영혼을 회복할 수 있는 '나'만의 공간이 있을 거라 생각합니다.

그렇기에 많은 분이 저의 사진을 보며 제가 사랑하는

'한강'의 모습을 봐 주길 바랐고, 독자들 세상에도 있을 '소울 플레이스'를 더욱 사랑하길 바라는 마음으로 이 책을 썼습니다.

그 시간 동안 저를 언제나 지지해 준 따스한 응원이 있었습니다.

블로그와 브런치에서, 온라인으로 연결됐던 관계가 카페에 마주 앉아 서로의 글을 들여다보고 응원하는 인연으로 확장됐습니다. 이 책을 쓰기로 하지 않았다면 일어나지 않았을 기적과 같은 경험입니다.

행복이 언제나 소소한 일상에 존재하듯, 기적도 일상에 존재합니다. 저의 첫 책은 사랑하는 가족과 언제나 저를 지지해 준 소중한 동료들이 만들어 낸 기적입니다. 이들이 없었다면 저는 용기를 낼 수 없었을 겁니다.

가족과 동료, 저의 포토 에세이에 소중한 시간을 내어 준 독자에게 깊은 감사 인사를 전합니다. 고맙습니다.

- 윤기 -

HANGANGPARK 한강공원
옥 수 나 들 목
자전거
꼭 내려서 끌고 가세요
오토바이
통행금지
자전거
꼭 내려서 끌고 가세요

마음이 흐르는 시간, 한강

초판 1쇄 발행 2024년 12월 24일

글 윤기
사진 윤기
펴낸이 이기봉
편집 좋은땅 편집팀
펴낸곳 도서출판 좋은땅
주소 서울특별시 마포구 양화로12길 26 지월드빌딩 (서교동 395-7)
전화 02)374-8616~7
팩스 02)374-8614
이메일 gworldbook@naver.com
홈페이지 www.g-world.co.kr

ISBN 979-11-388-3873-3 (03810)